manque à Tissandier

LES VOYAGEURS AËRIENS

OU

Relations des Courses faites dans les airs par
M. le Major d'Arlande accompagné de
M. Pilatre du Rozier le 21 novembre 1783,
avec la Machine aëroſtatique chargée ſuivant
les principes de M. de MONTGOLFIER,
& par M. Charles accompagné de M. Robert le 2 décembre 1783, avec un ballon
chargé d'air inflammable ;

Écrites par eux-mêmes.

Avec deux gravures.

1784.

❀❀❀❀❀❀❀❀❀❀❀❀❀❀❀❀❀❀❀❀❀❀

Relation du voyage aërien de MM. le Marquis d'*Arlande* & *Pilatre* de *Rosier*.

Par M. le Marquis d'ARLANDE.

Nous sommes partis à 1 heure 54 minutes. La situation de la Machine étoit telle que M. Pilatre de Rozier étoit à l'ouest & moi à l'est. L'air de vent étoit à peu près nord-ouest. La Machine, dit le Public, s'est élevée avec majesté; mais il me semble que peu de personnes se sont apperçues qu'au moment où elle a dépassé les charmilles, elle a fait un demi-tour sur elle-même. Par ce changement, M. Pilatre s'est trouvé en avant de notre direction, & moi par conséquent en arrière. Je crois qu'il est à remarquer que de ce moment jusqu'à celui où nous sommes arrivés, nous avons conservé la même position, par rapport à la ligne que nous avons parcourue: j'étois surpris du silence & du peu de mouvement que notre départ avoit occasionnés sur les Spectateurs; je crus qu'étonnés & peut-être effrayés de ce nouveau spectacle, ils avoient besoin d'être rassurés. Je saluai du bras avec assez peu de succès; mais ayant tiré mon mouchoir, je l'agitai & je m'apperçus alors d'un grand mouvement dans le Jardin de la Muette. Il m'a semblé que tous les Spectateurs qui étoient épars dans cette

A ij

enceinte se réunissoient en une seule masse,
& que par un mouvement involontaire elle se
portoit, pour nous suivre vers le mur qu'elle sembloit regarder comme le seul obstacle
qui nous séparoit. C'est dans ce moment que
M. Pilatre me dit : vous ne faites rien &
nous ne montons guere. Pardon, lui répon-
dis-je, mais il falloit bien rassurer ces mal-
heureux humains que nous laissons là bas
dans une situation moins douce que la nô-
tre. Je mis une botte de paille, je remuai un
peu le feu, & je me retournai bien vite,
mais je ne pus retrouver la Muette.

Étonné, je jette un regard sur le cours de
la riviere, je la suis de l'œil, enfin j'apperçois
le confluent de l'Oise. Voilà donc Conflans,
& nommant les autres principaux coudes de
la riviere par le nom des lieux les plus voi-
sins, je dis : Passy, Saint Germain, Saint
Denis, Seve, donc je suis encore à Passy ou
à Chaillot. En effet, je regardai par l'intérieur de la Machine & j'apperçus sous moi la
Visitation de Chaillot. M. Pilatre me dit dans
ce moment, Voilà la riviere, & nous bais-
sons ; Eh bien, mon cher ami, du feu, &
nous travaillâmes. Mais au lieu de traverser
la riviere, comme sembloit l'indiquer notre
direction, qui nous portoit sur les Invalides,
nous longeâmes l'isle des Cygnes, rentrâmes
sur le principal lit de la riviere, & nous la
remontâmes jusqu'au dessus de la barriere de la

Conférence. Je dis à mon brave Compagnon,
Voilà une riviere qui eſt bien difficile à traver-
ſer; Je le crois bien, me répondit-il, vous
ne faites rien. --- C'eſt que je ne ſuis pas ſi
fort que vous & que nous ſommes bien. Je
remuai le rechaud, je ſaiſis avec ma four-
che une botte de paille, qui ſans doute trop
ſerrée prenoit difficilement. Je la levai & la
ſecouai au milieu de la flamme. L'inſtant d'a-
près, je me ſentis comme ſoulevé par-deſſous
les aiſſelles, & je dis à mon cher Compagnon, pour cette fois nous montons. Oui,
nous montons, me répondit-il, ſorti de l'intérieur, ſans doute pour faire quelques ob-
ſervations. Dans cet inſtant, j'entendis vers
le haut de la Machine un bruit qui me fit
craindre qu'elle n'eût crevé. Je regardai & je
ne vis rien. Comme j'avois les yeux fixés au
haut de la Machine, j'éprouvai une ſecouſſe
& c'étoit alors la ſeule que j'euſſe reſſentie. La
direction du mouvement étoit de haut en bas;
je dis alors : Que faites-vous, eſt-ce que vous
danſez? --- Je ne bouge pas. --- Tant mieux,
dis-je, c'eſt un nouveau courant qui, j'eſpere,
nous ſortira de la riviere. En effet je me tournai
pour voir où nous étions, & je me trouvai
entre l'École Militaire & les Invalides que nous
avions déjà dépaſſé d'environ 400 toiſes. M.
Pilatre me dit en même tems : nous ſommes
en plaine. Oui, lui-dis-je, nous cheminons.
Travaillons, me dit-il, travaillons. J'enten-

dis un nouveau bruit dans la Machine , que je crus produit par la rupture d'une corde. Ce nouvel avertissement me fit examiner avec attention l'intérieur de notre habitation. Je vis que la partie qui étoit tournée vers le sud , étoit remplie de trous ronds , dont plusieurs étoient considérables. Je dis alors à mon brave Compagnon, il faut descendre. --- Pourquoi ? --- Regardez , lui dis-je. En même tems je pris mon éponge ; j'éteignis aisément le peu de feu qui minoit quelques-uns des trous que je pus atteindre ; mais m'étant apperçu qu'en appuyant pour essayer si le bas de la toile tenoit bien au cercle qui l'entouroit , elle s'en détachoit très-facilement , je répétai à mon brave Compagnon , il faut descendre. Il regarda sous lui & me dit , nous sommes sur Paris. --- N'importe , lui dis-je ; mais voyons ; n'y a t il aucun danger pour vous , êtes-vous bien tenu ? --- Oui. --- J'examinai de mon côté & j'apperçus qu'il n'y avoit rien à craindre. Je fis plus , je frappai de mon éponge les cordes principales qui étoient à ma portée. Toutes résisterent , il n'y eut que deux ficelles qui partirent. Je dis alors , nous pouvons traverser Paris.

Pendant cette opération , nous nous étions sensiblement approchés des toits. Nous faisons du feu & nous nous relevons avec la plus grande facilité. Je regarde sous moi , & je découvre parfaitement les Missions étrangeres. Il me sembloit que nous nous dirigions vers les tours de St. Sulpice, que je pouvois appercevoir par l'étendue du diametre de notre ouverture. En nous relevant, un courant d'air nous fit quitter cette direction pour nous porter vers le sud. Je vis sur ma gauche une espece de bois que je crus être le Luxembourg ; nous traversons le Boulevard, & je m'écrie, pour le coup, pied à terre. Nous cessons le feu ; l'intrépide Pilatre, qui ne perd point la tête, & qui étoit en avant de notre direction, jugeant que nous donnions dans les moulins qui sont entre le petit Gentilly & le Boulevard, m'avertit. Je jette une botte de paille, en la secouant pour l'enflammer plus vivement ; nous nous relevons, & un nouveau courant nous porte un peu sur la gauche. Mon brave Compagnon me crie encore, gare les moulins ; mais mon coup-d'œil fixé par le diametre de l'ouverture, me faisant juger plus sûrement de notre direction, je vis que nous ne pouvions pas les rencontrer, & je lui dis, arrivons. L'instant d'après je m'apperçus que je passois sur l'eau. Je crus que c'étoit encore la riviere ; mais arrivé à terre, j'ai reconnu que c'étoit l'étang qui fait aller les machines de la Manufacture de toiles peintes de MM. Brenier & Comp. Nous nous sommes posés sur la butte aux Cailles, entre le moulin des Merveilles & le Moulin Vieux, environ à 50 toises de l'un & de l'autre. Au moment où nous étions près de terre, je me soulevai sur la galerie en y appuyant les deux mains ; je sentis le haut de la Machine presser foiblement ma tête ; je la repoussai & sautai hors de la galerie ; en me retournant vers la Machine, je crus la trouver pleine ; mais quel fut mon étonnement, elle étoit parfaitement vide & totalement applatie. Je ne vois point M. Pilatre, je cours de son côté pour l'aider à se débarrasser de l'amas de toile qui le couvroit, mais avant d'avoir tourné la Machine, je l'apperçus sortant de dessous en chemise, attendu qu'avant de descendre, il avoit quitté sa redingotte & l'avoit mise dans son panier. Nous étions seuls, & pas assez forts pour renverser la galerie & retirer la paille qui étoit enflammée. Il s'agissoit d'empêcher qu'elle ne mît le feu à la Machine. Nous crûmes alors que le seul moyen d'éviter cet inconvénient étoit de déchirer la toile. M. Pilatre prit un côté, moi l'autre, & en tirant violemment, nous découvrîmes le foyer. Du moment qu'il fut délivré de la toile qui empêchoit la communication de l'air, la paille s'enflamma avec force. En secouant un des paniers, nous jettons le feu sur celui qui avoit transporté mon compagnon ; la paille qui y restoit prend feu ; le peuple accourt, se saisit de la redingotte de M. Pilatre & se la partage. La Garde survient ; avec son aide, en dix minutes notre Machine fut en sûreté, & une heure après elle étoit chez M. Réveillon, où M. Montgolfier l'avoit fait construire.

Relation du voyage aërien de MM. *Charles* & *Robert*.

Par M. CHARLES.

Nous avons fait précéder notre ascension de l'enlevement d'un globe de 5 pieds 8 pouces ; nous l'avions destiné à nous faire connoître la premiere direction du vent & à nous frayer à peu près la route que nous allions prendre. Nous l'avons fait présenter à M. Montgolfier ; le public a compris cette allégorie simple. Le globe échappé des mains de M. Montgolfier s'élança dans les airs ; les acclamations l'y suivoient. Pendant ce tems nous préparions à la hâte notre fuite ; les circonstances orageuses qui nous pressoient nous empêcherent de mettre à nos dispositions toute la précision que nous nous étions proposée la veille. Le globe & le char en équilibre touchoient encore au sol qui nous portoit : il étoit une heure trois quarts. Nous jettons 19 livres de lest & nous nous élevons au milieu du silence concentré par l'admiration & la surprise de l'un & de l'autre parti. Jamais rien n'égalera le moment d'hilarité qui s'empara de mon existence lorsque je sentis que je fuyois la terre, échappé aux tourmens affreux de la persécution & de la calomnie : je sentis que je répondois à tout en m'élevant au-dessus de tout. Ce sentiment moral suivit bien-

B

tôt une fenfation plus vive encore, l'admiration du majeftueux fpectacle qui s'offroit à nous ; de quelque côté que nous abaiffions nos regards, tout étoit tête ; au-deffous de nous, un ciel fans nuage ; dans le lointain, l'afpect le plus délicieux.

Tandis que nous nous élevions progreffivement par un mouvement accéléré, nous nous mîmes à agiter nos banderolles en figne d'allégreffe & afin de rendre la fécurité à ceux qui prenoient intérêt à notre fort ; pendant ce tems j'obfervois toujours le baromètre ; M. Robert faifoit l'inventaire de nos richeffes : tous nos amis avoient lefté notre char, comme pour un voyage de long cours ; vins de champagne, &c., couvertures & fourrures, &c., bon, lui dis-je, voilà de quoi jetter par la fenêtre. Il commença par lancer une couverture de laine à travers les airs ; elle s'y déploya & fut tomber auprès du dôme de l'Affomption : alors le baromètre étoit à environ 26 pouces ; nous avions ceffé de monter, c'eft-à-dire que nous étions élevés environ à 300 toifes ; c'étoit la hauteur à laquelle je m'étois propofé de nous maintenir ; & en effet depuis ce moment jufqu'à celui où nous avons difparu aux yeux des obfervateurs en ftation, nous avons toujours compofé notre marche horifontale entre 26 à 26 pouc. 8 lign., ce qui s'eft trouvé d'accord avec les obfervations de Paris. Nous avions foin de perdre du left à mefure que nous def

cendions par la perte infenfible de l'air inflammable & nous nous élevions infenfiblement à
là même hauteur. Si les circonftances nous
avoient permis de mettre plus de précifion à ce
left ; notre marche eut été prefque abfolument
horifontale & à volonté.

Arrivés à la hauteur de Mouffeaux , que
nous laiffions un peu à gauche , nous reftames
un inftant ftationnaires , notre char fe retour-
na , & enfin nous filames au gré du vent. Bientôt nous paffons la Seine entre Saint-Ouen &
Afnieres , & telle fut à-peu-près notre marche
aërographique : laiffant Colombe fur la gauche , paffant prefque au-deffus de Gennevilliers,
nous avons traverfé une feconde fois la riviere ,
en laiffant Argenteuil fur la gauche ; nous a-
vons paffé à Sanois , Franconville , Eaubon-
ne , Saint-Leu-Taverny , Villiers , travèrfé
l'Ifle-Adam , & enfin Nefle , où nous fommes
defcendus. Tels font à-peu-près les endroits
fur lefquels nous avons dû paffer prefque per-
pendiculairement. Le trajet fait environ 9 lieues
de Paris , & nous l'avons parcouru en 2 heures , quoiqu'il n'y eût dans l'air prefque pas
d'agitation fenfible. Durant tout le cours de
ce délicieux voyage , il ne nous eft pas entré
dans l'idée la plus légere inquiétude fur notre
fort & celui de notre machine. Le globe n'a
fouffert aucune altération , que les modifica-
tions fucceffives de dilatation & de compreffion,

B ij

dont nous profitions pour monter & defcendre
à volonté d'une quantité quelconque. Le thermomètre a été pendant plus d'une heure entre
10 & 12 degrés au-deffous de zéro, ce qui vient
de ce que l'intérieur de notre char étoit réchauf-
fé par les rayons du foleil. Sa chaleur fe fit
bientôt fentir à notre globe, & continua par la
dilatation de l'air inflammable intérieur à nous
tenir à la même hauteur, fans être obligés de
perdre de notre left; mais nous faifions une
perte plus précieufe; l'air inflammable, dilaté
par la chaleur folaire, s'échappoit par l'appendice du globe, que nous tenions à la main &
que nous lâchions, fuivant les circonftances,
pour donner iffue à l'air trop dilaté. C'eft par
ce moyen fimple, que nous évitions les expan-
fions & les explofions que les perfonnes peu in-
ftruites redoutoient pour nous. L'air inflammable ne pouvoit pas brifer fa prifon, puifque
la porte lui en étoit toujours ouverte, & l'air
athmofphérique ne pouvoit entrer dans le globe, puifque fa preffion même faifoit de l'appendice une véritable foupape, qui s'oppofoit
à fa rentrée.

Au bout de 59 minutes de marche, nous
entendîmes le coup de canon qui étoit le fignal
de notre difparition aux yeux des obfervateurs
de Paris. Nous nous réjouîmes de leur avoir
échappé. N'étant plus obligés de compofer
ftrictement notre courfe horizontale, ainfi
que nous avions fait jufqu'alors, nous nous

sommes abandonnés plus entiérement aux spec-
tacles variés que nous présentoit l'immensité
des campagnes au-dessus desquelles nous pla-
nions ; dès ce moment nous n'avons plus cessé
de converser avec leurs habitans que nous
voyons accourir vers nous de toutes parts ;
nous entendions leurs cris d'allégresse , leurs
vœux, leur sollicitude , en un mot l'allarme
de l'admiration. Nous crions vive le Roi , &
toutes les campagnes répondoient à nos cris.
Nous entendions très-distinctement : mes bons
amis , n'avez vous point peur ! n'êtes vous
point malades ! Dieu que c'est beau ! nous
prions Dieu qu'il vous conserve : adieu, mes
amis ! J'étois touché jusqu'aux larmes de cet
intérêt tendre & vrai qu'inspiroit un spectacle
aussi nouveau. Nous agitions sans cesse nos
pavillons & nous appercevions que ces signaux
redoubloient l'allégresse & la sécurité. Plusieurs
fois nous descendions assez bas pour mieux
nous faire entendre ; on nous demandoit d'où
nous étions partis & à quelle heure , & nous
montions plus haut en leur disant adieu. Nous
jettions successivement, & suivant les circonstances, redingottes, manchons, habits. Pla-
nant au-dessus de l'isle Adam , après avoir ad-
miré cette délicieuse campagne, nous fimes
encore le salut des pavillons ; nous demanda-
mes des nouvelles de Mgr. le Prince de Conti :
on nous cria avec un porte-voix qu'il étoit à

Paris, qu'il en feroit bien fâché. Nous regret-
tions de perdre une fi belle occafion de lui
faire notre cour, & nous ferions en effet defcendus au milieu de fes jardins fi nous avions
voulu : mais nous prîmes le parti de prolon-
ger encore notre courfe, & nous remontâmes;
enfin nous arrivons près des plaines de Nefle.
Il étoit trois heures & demie paffées; j'avois
le deffein de faire un fecond voyage & de pro-
fiter de nos avantages ainfi que du jour. Je
propofai à M. Robert de defcendre : voyant
de loin des groupes de payfans qui fe préci-
pitoient devant nous à travers les champs. Laif-
fons nous aller, lui dis-je; alors nous defcen-
dimes vers une vafte prairie. Des arbuftes,
quelques arbres bordoient fon enceinte. Notre
char s'avançoit majeftueufement fur un plan in-
cliné très-prolongé. Arrivé près de ces arbres,
je craignis que leurs branches ne vinffent heur-
ter le char. Je jettai deux livres de left, & le
char s'éleva par-deffus, en bondiffant à-peu-
près comme un courfier qui franchit une baie.
Nous parcourumes plus de vingt toifes à un ou
deux pieds de terre ; nous avions l'air de voya-
ger en traineau. Les payfans couroient après
nous fans pouvoir nous atteindre, comme des
enfans qui pourfuivent des papillons dans une
prairie. Enfin nous prenons terre. On nous
environne. Rien n'égale la naïveté ruftique
& tendre, l'effufion de l'admiration & de l'allégreffe de tous ces villageois.

Je demandai sur le champ les Curés, les Syndics; ils accouroient de tous côtes; il étoit fête sur le lieu; je dressai aussi-tôt un court procès-verbal, qu'ils signerent. Pendant ce tems-là arrive un groupe de cavaliers au grand galop; c'étoient Mgr le Duc de Chartres, M. le Duc de Fitzjames & M. Farrer, Gentilhomme Anglois, qui nous suivoient depuis Paris. Par un hasard singulier nous étions descendus auprès de la maison de chasse de ce dernier. Il saute de dessus son cheval, s'élance sur notre char, & dit en m'embrassant, M. *Charles*, *moi premier.* Nous fûmes comblés des caresses du Prince, qui nous embrassa tous deux dans notre char, & eut la bonté de signer notre procès-verbal. M. le Duc de Fitz-James en fit autant. M. Farrer le signa trois fois de suite: on a omis sa signature dans le Journal, parce qu'on n'a pu la lire; il étoit si agité de plaisir qu'il ne pouvoit écrire. De plus de cent cavaliers, qui couroient après nous depuis Paris, & que nous appercevions à peine du haut de notre char, c'étoient les seuls qui avoient pu nous joindre, les autres avoient crevé leurs chevaux, ou y avoient renoncé. Je racontai brièvement à Mgr. le Duc de Chartres quelques circonstances de notre voyage; ce n'est pas tout, Monseigneur, ajoutai-je en souriant; je m'en vais repartir. --- Comment, repartir? ---Monseigneur, vous allez voir, il y a mieux, quand voulez-vous que je redes

cende ? --- Dans une demi-heure. --- Eh bien,
soit, Monseigneur, dans une demi-heure je
suis à vous. M. Robert descendit du char,
ainsi que nous en étions convenus en voya-
geant. Trente paysans ; serrés autour & ap-
puyés dessus & le corps presque plongés de-
dans, l'empêchoient de s'envoler. Je demandai de la terre pour me faire un lest ; il ne m'en
restoit plus que 3 ou 4 livres ; on va chercher
une bêche, qui n'arrive point ; je demande
des pierres, il n'y en avoit point dans la prairie, cependant je voyois le tems s'écouler, le
soleil se coucher. Je calculai rapidement la hauteur possible, où pouvoit m'élever la légereté
spécifique de 130, que je venois d'acquérir
par la descente de M. Robert, & je dis à
Mgr. le Duc de Chartres : Monseigneur, je
pars ; je dis aux paysans : Mes amis, retirez-
vous en même tems des bords du char au premier signal que je vais faire ; & je vais m'envoler. Je frappe de la main, ils se retirent,
& je m'élance comme l'oiseau ; en dix minutes j'étois à plus de 1500 toises ; je n'apper-
cevois plus les objets terrestres, je ne voyois
plus que les grandes masses de la nature. Dès
en partant j'avois pris mes précautions pour
échapper aux dangers de l'explosion du globe
& je me disposai à faire les observations que je
m'étois promises : d'abord afin d'observer le
baromètre & le thermomètre placés à l'extrémité
du char, sans rien changer au centre de gravité,

Je m'agenouillai au milieu, la jambe & le corps
tendu en avant, ma montre & un papier dans
la main gauche, ma plume & le cordon de la
foupape dans ma droite. Je m'attendois à ce
qui alloit arriver, le globe qui étoit affez flaf-
que à mon départ, s'enfla infenfiblement,
bientôt l'air inflammable s'échappa à grands
flots par l'appendice. Alors je tirois de tems en
tems la foupape pour lui donner à la fois deux
iffues & je continuois ainfi à monter en per-
dant de l'air, il fortoit en fifflant & devenoit
vifible ainfi qu'une vapeur chaude qui paffe
dans une atmofphere beaucoup plus froide;
la raifon de ce phénomene eft fimple : à terre le thermometre étoit à 7 dégrés au-deffus de
la glace, au bout de 10 minutes d'uffenfion
j'avois 5 dégrés au deffous ; l'on fent que l'air
inflammable contenu n'avoit pas eu le tems
de fe mettre en équilibre de température ; fon
équilibre élaftique étant beaucoup plus prompt
que celui de la chaleur, il en devoit fortir une
plus grande quantité que celle que la dilatation
extérieure de l'air pouvoit déterminer par fa
moindre preffion. Quant à moi expofé à l'air
libre je paffai en 10 minutes de la température
du printems à celle de l'hyver. Le froid étoit
vif & fec, mais point infupportable. J'inter-
rogeois alors paifiblement toutes mes fenfations;
je m'écoutois vivre pour ainfi dire, & je puis af-
furer que dans le premier moment je n'éprouvai rien de défagréable dans ce paffage fubit de

C

dilatation & de température. Lorfque le baro-
metre ceffa de monter, je notai très exactement
18 pouces 10 lignes, cette obfervation eft de
la plus grande rigidité, le mercure ne fouffroit
aucune ofcillation fenfible. J'ai déduit de cette
ofcillation une hauteur de 1524 toifes environ
en attendant que je puiffe intégrer ce calcul &
y mettre plus de précifion. Au bout de quelques minutes le froid me faifit les doigts, je
ne pouvois prefque plus tenir ma plume; mais
je n'en avois plus befoin, j'étois ftationnaire
& n'avois plus qu'un mouvement horifontal.
Je me relevai au milieu du char & m'aban-
donnai au fpectacle que m'offroit l'immenfité
de l'horifon. A mon départ de la prairie, le foleil étoit couché pour les habitans des vallons,
bientôt il fe leva pour moi feul & vint encore
une fois dorer de fes rayons le globe & le char.
J'étois le feul corps éclairé dans l'horifon & je
voyois tout le refte de la nature plongé dans
l'ombre. Bientôt le foleil difparut lui-même &
j'eus le plaifir de le voir fe coucher deux fois
dans le même jour. Je comtemplai quelques in-
ftans le vague de l'air & les vapeurs terreftres
qui s'élevoient du fein des vallons & des rivie-
res. Les nuages fembloient fortir de la terre &
s'amonceler les uns fur les autres en confervant
leur forme ordinaire. Leur couleur feulement
étoit grifatre & monotone, effet naturel du peu
de lumiere divaguée dans l'air, la lune feule les
éclairoit. Elle me fit obferver que je virai de
bord deux fois & je remarquai de véritables cou-

rans qui me ramenoient fur moi-même. J'eus
plufieurs déviations très-fenfibles. Je fentis avec
furprife l'effet des vents & je vis pointer les banderolles de mon pavillon; nous n'avions pu obferver ce phénomene dans le premier voyage.
Je remarquai les circonftances de ce phénomene
& ce n'étoit point le réfultat de l'afcenfion ou de
la defcente, je marchois alors dans une direction
fenfiblement horifontale. Dès ce moment je con-
çus peut-être un peu trop vite l'efpérance de fe
diriger. Au furplus ce ne fera que le fruit du tâ-
tonnement, des obfervations & des expériences
les plus réitérées.

Au milieu du raviffement inexprimable & de
cette extafe contemplative, je fus rappellé à moi-
même par un douleur très extraordinaire que je
reffentis dans l'intérieur de l'oreille droite &
dans les glandes maxillaires. Je l'attribuai à la
dilatation de l'air contenu dans le tiffu cellulaire
de l'organifme autant qu'au froid de l'air envi-
ronnant. J'étois en vefte & la tête nue, je me
couvris d'un bonnet de laine qui étoit à mes
pieds, mais la douleur ne fe diffipa qu'à mefure
que j'arrivai à terre. Il y avoit environ 7 à 8 minutes que je ne montois plus; je commençois
même à defcendre par la condenfation de l'air
inflammable intérieur, je me rappellai la pro-
meffe que j'avois faite à Mgr. le Duc de Chartres de revenir à terre au bout d'une demie heure. J'accélérai ma defcente en tirant de tems en
tems la foupape fupérieure. Bientôt le globe vide prefque à moitié ne me préfentoit plus qu'un

hémisphere, j'apperçus une assez belle plage en
friche auprès de la Tour-du-Lay, alors je pré-
cipitai ma descente. Arrivé à 20 à 30 toises de
terre, je jettai subitement deux à trois livres de
lest qui me restoient, & que j'avois gardées pré-
cieusement ; je restai un instant comme station-
naire & vins descendre mollement sur la friche
même que j'avois pour ainsi dire choisie ; j'é-
tois à plus d'une lieue du point du départ, les
déviations fréquentes que j'essuyai, les retours
sur moi-même me font présumer que le trajet
aërien a été de plus de trois lieues : il y avoit 35
minutes que j'étois parti, & telle est la sûreté
des combinaisons de notre machine aërostati-
que je pus consommer & à volonté 130 l. de légereté spécifique dont la conservation égale-
ment volontaire, eût pu me maintenir en l'air
au moins 24 heures de plus. Lorsque Mgr. le
Duc de Chartres & M. le Duc de Fitzjames me
virent ainsi descendre de loin & avec autant de
précision, ils n'eurent plus aucune inquiétude
sur mon sort & laissant M. Robert avec nom-
breuse compagnie venir à ma rencontre à travers les halliers, les sentiers, les vallées im-
praticables à leurs chevaux fatigués, ils re-
tournerent à Paris, & le Prince bienveillant se
hâta de donner lui même de nos nouvelles à
tout le monde & de calmer l'allarme universelle,
que notre disparition avoit causée.

Balon de Monsieur MONGOLFIER

Balon de Monsieur CHARLES

www.ingramcontent.com/pod-product-compliance
Lightning Source LLC
Chambersburg PA
CBHW060853180626
46818CB00004B/1684